Binet

Les Bidochon 2

en vacances

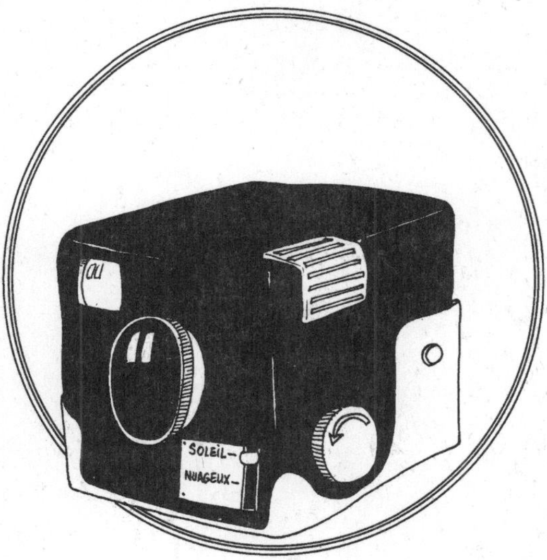

Du même auteur
aux éditions Fluide Glacial

Les Bidochon (18 tomes)
Kador (4 tomes)
Monsieur le Ministre (2 tomes)
Poupon la Peste (2 tomes)
Propos irresponsables (2 tomes)
Déconfiture au petit déjeuner
Forum
Histoires ordinaires
L'institution

CET ALBUM EST DÉDICACÉ :
Aux vacances.
Au sable.
À la mer.
Aux villages-vacances, sans qui certaines rencontres n'auraient pas été possibles.

CET ALBUM N'EST PAS DÉDICACÉ :
Aux autres rencontres.
Aux soirées animées et débiles.
Au yaourt à manger les yeux bandés.
Au ramassage de papiers gras dans l'enthousiasme général.
À la gosse du bungalow d'à côté qui a piqué le seau de plage de ma môme.

D'UNE FAÇON GÉNÉRALE,
CET ALBUM EST DÉDICACÉ
À CEUX QUI CROIENT POSSIBLE DE VIVRE DEUX FOIS,
AVEC QUI MES RAPPORTS
FURENT AUSSI DIVERS QU'ENRICHISSANTS.

vacances à Loumel

la cathédrale de Rennes

Bretonnes en grande tenue pour les fêtes de Sainte Anne

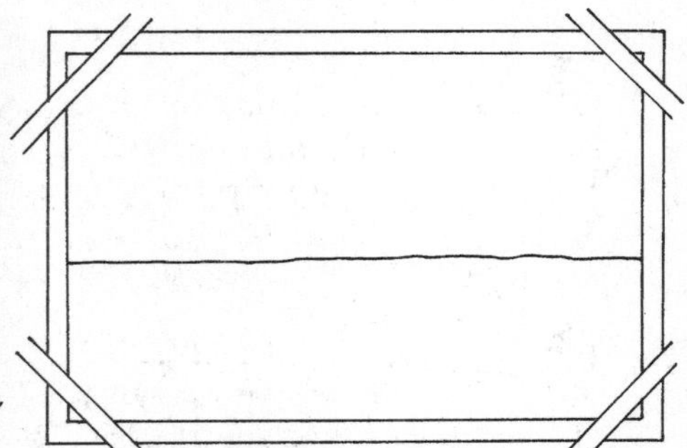

l'horizon (réussi)

LES BIDOCHON EN VACANCES
Ch Binet
COULEURS ET LUMIÈRES DE FRANCE
LOUMEL (SUD-FINISTÈRE)
LE VILLAGE VACANCES VU DE LA STATION D'ÉPURATION.
ma chère maman,
On est bien arrivés au village vacances. On nous a donné un bingalo avec douche. D'ailleurs j'ai mis une croix sur la photo pour que vous voyez où qu'on loge
968 PROCÉDÉ 301
ÉDITIONS D'ART - LEROY - ANGERS
PHOTO VÉRITABLE
madame Galopin
19, grande rue
91120 BOISSY LE SEC
NOUS SOMMES MONSIEUR ET MADAME BIDOCHON!
PIDOCHON?
NON, BIDOCHON, AVEC UN "B" COMME BIDOCHON!
VILLAGE VACANCES "Les Dunes"
RÉCEPTION
STATION D'ÉPURATION
P
POUBELLES
INTERDIT AUX CHIENS
BIDOCHON... BIDOCHON... AH VOILÀ! BUNGALOW "CALMAR".
CALBARD?
NON, "CALMAR"!
RÉCEPTION
FAITES PAS ATTENTION, MADEMOISELLE, IL VOUS TAQUINE!
LES VACANCES, ÇA LE MET DE BONNE HUMEUR!
HÉ HÉ
1

TENEZ, VOILÀ VOTRE PAIRE DE DRAPS! SI TOUTEFOIS IL VOUS ARRIVAIT UN ACCIDENT, NOUS VOUS EN DONNERIONS UNE AUTRE PAIRE!
BEU BEU BEU, COCOTTE, ON A PASSÉ L'ÂGE DES INONDATIONS NOCTURNES!
OH, VOUS SAVEZ, ON VOIT DE TOUT, ICI!
HIN HIN HIN
ARRÊTE! TU VOIS BIEN QUE TU EMBÊTES MADEMOISELLE AVEC TES TAQUINERIES!
AH, LUI ALORS!
BON, JE VOUS ACCOMPAGNE JUSQU'À VOTRE BUNGALOW!
TOUT DOUX, MA BELLE, ON VA SE DÉBROUILLER, VOUS DÉRANGEZ PAS!
AH, ÇA, JE VEUX BIEN, PARCE QUE, LE JOUR DES ARRIVÉES, J'ARRÊTE PAS!
VOTRE BUNGALOW SE TROUVE JUSTE ENTRE "CREVETTE" ET "MERLAN"!
OUI, OUI, VOUS EN FAITES PAS, ON VA TROUVER!
MAQUEREAU... SARDINE... MORUE... MOULE... COLIN... HARENG... ANCHOIS... CREVETTE...
AH! "CALMAR" NOUS Y SOMMES! C'EST LÀ, RAYMONDE!
BEN... OÙ T'ES?
J'ARRIVE!
BEN, QU'EST-CE TU FOUTAIS, MERDE!
DIS-DONC, T'AS QU'A LES PORTER, LES VALISES, SI T'ES PAS CONTENT!
CALMAR
ET SI J'AI LES MAINS PRISES PAR LES VALISES, COMMENT JE FERAI POUR METTRE LA CLÉ DANS LA SERRURE?
ALORS, HEIN!

WOUAAA. DIS-DONC, C'EST CHOUETTE
OUAIS!
CALMAR
ET PUIS, C'EST SPACIEUX!
C'EST PEUT-ÊTRE SPACIEUX, MAIS C'EST QUAND MÊME PAS UNE RAISON POUR LAISSER TRAÎNER LES VALISES AU MILIEU DE LA PIÈCE! C'EST UN COUP À SE CASSER LA GUEULE, ÇA!
ON A JUSTE LE TEMPS DE SE CHANGER, ET ÇA SERA L'HEURE DU DÎNER!
BON, ALORS, ÇA Y EST, T'ES PRÊTE?
NORMALEMENT, TOUT DE SUITE APRÈS "MERLAN", ON DEVRAIT TOMBER SUR LA SALLE DE RESTAU!
T'AS VU, C'EST ÉCRIT QUE LES GOSSES ILS MANGENT PAS AVEC LES PARENTS! ILS ONT **LEUR** SALLE DE RESTAURANT! C'EST POUR PERMETTRE AUX ADULTES DE MANGER TRANQUILLEMENT!
OUIIIIIIINAN
J'VEUX REVOIR MAAMAN
RESTAURANT ENFANTS
J'AI ENVIE PIPI, MAÎTRESSE!
MÔÔÔÔÔMAN
MÔÔÔÔMAN
MAMAN
PLEURE PAS, MON CHÉRI, MAMAN VA REVENIR!
MAMAN EST LÀ, JUSTE À CÔTÉ!
T'AR TA GUEULE!
SI ON ME LAISSE PAS REVOIR MA MÈRE, JE ME PLANTE CETTE FOURCHETTE DANS L'OEIL!
ATTENTION, SOLANGE, Y EN A UN QUI ESSAYE DE S'ÉCHAPPER!
JE L'BLOQUE!
3

JE L'AI!
Y A QU'A FERMER LA PORTE!
SAUVEZ MOI
VLAM
RESTAURANT ADULTES
BLABLABLA BLABLA BLA BLA
TIENS, C'EST LÀ!
ET MAINTENANT, LE PREMIER QUE J'ENTENDS RÉCLAMER SA MÈRE, SERA PRIVÉ DE DESSERT!
BROUHAHA BROUHAHA BROUHAHA
BONJOUR MESSIEURS-DAMES!
ALLEZ VOIR AU FOND, IL DOIT RESTER DES PLACES!

VOUS AVEZ UNE PLACE ICI, À COTÉ DU MONSIEUR, ET UNE AUTRE, ÇA-BAS!
C'EST QUE... ON EST DEUX! JE SUIS AVEC MADAME!
DÉSOLÉ. MONSIEUR, MAIS C'EST TOUT CE QU'IL RESTE! ET DE TOUTE FAÇON, NOUS NE SERVONS QUE LES TABLES COMPLÈTES!
TENEZ, METTEZ-VOUS LÀ! MOI, ÇA M'EST ÉGAL D'ALLER AILLEURS, JE SUIS VEUF ET MES TROIS GOSSES MANGENT À LA CANTINE OBLIGATOIRE!
VOUS ÊTES BIEN AIMABLE!
VRAI, HEIN, ÇA NE VOUS DÉRANGE PAS?
J'M'EN FOUS, JE VOUS DIS! MES GOSSES SONT DANS UN COIN ET MOI, DANS L'AUTRE, ALORS...
BONJOUR MESSIEURS - DAMES!
D'AILLEURS, DEPUIS LE DÉBUT J'EN AI MARRE DE CES RÈGLEMENTS À LA CON ET DE CE PUTAIN DE MERDE DE VILLAGE
DES VACANCES, ÇA!!
DES VACANCES, MON CUL, OUAIS!
Y EN A, JE VOUS JURE, IL FAUDRAIT QUE ÇA LEUR TOMBE TOUT CUIT DANS LE BEC!
C'EST VRAI, ÇA! LES VACANCES, IL FAUT SE FORCER UN PEU, SINON, C'EST PAS LA PEINE!

TENEZ, MADAME, VOUS LAISSEZ PAS COUPER L'APPÉTIT, SERVEZ-VOUS DE CAROTTES RAPÉES!
NON, NON, APRÈS VOUS!
AH! HONNEUR AUX NOUVEAUX!
BÉNISSEZ-NOUS SEIGNEUR, BÉNISSEZ CE REPAS ET CEUX QUI L'ONT PRÉPARÉ!
DANS CE CAS!
AMEN!
ON VOIT DES CONS PARTOUT!
C'EST LA PREMIÈRE FOIS QUE VOUS VENEZ ICI?
OUI!
NOUS, ÇA FAIT SIX FOIS DE SUITE! HEIN, GERMAINE?
BONAP BONAP?
ABSOLUMENT!
PÉTIT!
VOUS VERREZ, ICI, L'AMBIANCE EST BONNE! SURTOUT AU REPAS DU MIDI, PARCEQUE, LÀ, Y A UN ANIMATEUR QUI...
FINI?
GLING GLING
GLING
OUI, C'ÉTAIT TRÈS BON!
OUI, VRAIMENT!
FÉLICITATIONS AU CHEF!
JE VOUS PASSE LES SAUCISSES-PURÉE!
Y AURA DU RAB' DE SAUCISSE?
PEUT-ÊTRE! MAIS DE TOUTE FAÇON, VOUS AVEZ DÉJA CINQ SAUCISSES POUR QUATRE!
VOUS AVEZ L'AIR DE CONNAÎTRE LA MUSIQUE, VOUS!
BEN, PENSEZ, SIX ANS DE SUITE...
LES SERVEUSES, IL LES A TOUTES MIS DANS SA POCHE!
BEN, C'EST ÇA, FAUT PAS VOUS GÊNER! PRENEZ TOUT PENDANT QUE VOUS Y ÊTES!!
J'AI PRIS MA PART, C'EST TOUT!

6

NON, MONSIEUR! ON A DROIT À UNE SAUCISSE PAR PERSONNE! CELLE QUI EST EN PLUS, ELLE EST À PARTAGER ENTRE TOUT LE MONDE! Y A PAS DE RAISON!
C'EST PAS OBLIGÉ!
SI MONSIEUR!
CROC
GLUPS
MIAM
MIAM
MIAM
MADEMOISELLE, S'IL VOUS PLAÎT!
VOILÀ, J'ARRIVE!
OUI, TOUT À L'HEURE, JE VOUS DISAIS QUE LE MIDI Y A UN ANIMATEUR QUI POSE DES QUESTIONS ET DES FOIS QUI SONT DURES! HEIN, GERMAINE?
OH, OUI, ALORS!
HIER, IL NOUS A DEMANDÉ LE NOMBRE DE KILOMÈTRES DE CÔTES DÉCHIQUETÉES DE LORIENT À ROSCOFF...
QU'EST-CE QUE Y A?
HEIN, QU'ON A DROIT QU'À UNE SAUCISSE ET QUE CELLE QUI RESTE ELLE EST À PARTAGER ENTRE TOUTE LA TABLE?
OUI!
AH!
ALORS, RENDEZ-MOI IMMÉDIATEMENT MON MORCEAU DE SAUCISSE!
TENEZ, LE VOILÀ, VOTRE MORCEAU DE SAUCISSE! AH, C'EST PAS VRAI!
... ET LA TABLE QUI TROUVE LA BONNE RÉPONSE, ELLE A DROIT À QUATRE CAFÉS GRATUITS!
MAIS, CROYEZ-MOI, ON EN RESTERA PAS LÀ! J'AI LE BRAS LONG EN HAUT LIEU! JE CONNAIS PERSONNELLEMENT L'ADJOINT AU DIRECTEUR DES VILLAGES-VACANCES! JE LUI ÉCRIRAI DÈS CE SOIR!
SI VOUS VOULEZ, DEMAIN ON SE METTRA ENSEMBLE POUR GAGNER!
C'EST ÇA! C'EST ÇA!
AVEC PLAISIR!
vacances.
J'ai mis une croix sur la
pour que vous voyez où qu'on
loge. Nous avons fait la connais-
sance avec les Tramson, des
gens charmants, ma foi. Je crois
qu'on va se plaire ici.
bons baisers. Raymonde
968
PROCÉDÉ 301
7

LA BRETAGNE PITTORESQUE
LOUMEL (FINISTÈRE)
LES BAINS-DOUCHE
Chers tous,
Nous sommes bien arrivés depuis hier au soir. Ce matin, Robert n'a pu résister au plaisir de prendre un premier bain de mer
ART ET PHOTO - PARIS
M. et Mme CUISSARD et leurs enfants
15, Avenue de la république
87000 LIMOGES
ELLE EST FROOAAADE !
HALTE !
MAIS, ALORS, CE QUI S'APPELLE FROIDE, HEIN !
LES GOSSES, JE VOUDRAIS VOUS DIRE UNE DERNIÈRE CHOSE AVANT D'ALLER REJOINDRE LES AUTRES !
J'OSE ESPÉRER QUE CETTE FOIS, VOUS ALLEZ FAIRE HONNEUR AU CLUB LIÉNARD ! C'EST COMPRIS ?
OUI, M'SIEUR LIÉNARD !
ELLE EST COMPLÈTEMENT GELÉE !

1

"OUI, M'SIEUR LIÉNARD" ! N'EMPÊCHE QUE LA DERNIÈRE FOIS, AU CONCOURS ORGANISÉ PAR PAMPAM, C'EST LE CLUB MICKEY QUI S'EST RAMASSÉ TOUS LES ÉCHANTILLONS, ET NOUS, RIEN !
MÊME PAS UN AUTO-COLLANT !
C'EST UN COUP À CHOPER UNE PNEUMONIE SI ON Y PREND PAS GAFFE !
LA-MEN-TABLES ! VOUS AVEZ ÉTÉ LAMENTABLES ! J'EN AI HONTE POUR LE CLUB LIÉNARD ! HONTE ! VOUS M'ENTENDEZ ?
HEUREUSEMENT, J'AI LA TECHNIQUE ! CE QU'IL FAUT, C'EST PÉNÉTRER DANS L'EAU PRO-GRES-SI-VE-MENT !
MÊME PAS FOUTUS DE FAIRE UNE COURSE EN SAC... ALORS, LÀ, CHAPEAU !!
JE M'AVAIS TORDU LE PIED SUR UN GALET !
D'ABORD, JE ME MOUILLE UN DOIGT !
TORDU LE PIED ! TU PARLES !
ET LE CLUB MICKEY, LUI, EST-CE QU'IL S'EST TORDU LE PIED ?
MAIS, BIEN SÛR, MON CHÉRI, QUE TU PEUX ALLER FAIRE DU SOUS-L'EAU AVEC TON MASQUE ET TES PALMES NEUFS !
PUIS, JE ME MOUILLE DEUX DOIGTS !
ALLEZ, EN AVANT !
VA, MON CHÉRI, ET RAMÈNE DES JOLIS COQUILLAGES À MAMAN !
ET MAINTENANT, TROIS DOIGTS !
TCHAF TCHAF TCHAF TCH
ET QUATRE DI... ??
PLAOUF

NON MAIS, T'AS VU ÇA CE PETIT MERDEUX !!! IL M'EST PASSÉ WAOOOUUUF...
MÊME PAS PARDON !
IL M'A TOUT TREMPÉ !
TCHAF TCHAF TCHAF
P'TIT CON !
NON MAIS !
SCHLIC SCHLIC
AAH, ELLE EST BONNE...
WOUA
SCHLIC SCHLIC
ELLE EST VACHTEMENT BONNE !
J'TE JURE !
C'EST LE COUP D'Y ENTRER, PARCE QUE, APRÈS, UNE FOIS QU'ON Y EST, ELLE EST BONNE !
HÉ, R'GARDE-MOI C'QUE J'FAIS !
TCHAPATAF TCHAPATAF TCHAPATAF

CROUIC
OUA, DIS-DONC! D'UN SEUL COUP, J'AI UNE DE CES DOULEURS AU VENTRE...
FAIS GAFFE À L'HYDROCUTION, ÇA FAIT PAS TROIS HEURES QUE TU AS FINI TON PETIT DÉJEUNER!
AH, ME PARLE PAS DE MALHEUR! C'EST PAS LE GENRE DE PLAGE OÙ TU PEUX TE PERMETTRE UNE HYDROCUTION!
POURQUOI ÇA?
MAIS... Y A MÊME PAS UN POSTE DE SECOURS! MÊME PAS L'OMBRE D'UN C.R.S. POUR TE REPÊCHER!
D'AILLEURS, C'EST ÇA QUE JE REPROCHE UN PEU À CETTE PLAGE! BELLE PLAGE, D'ACCORD, MAIS QUESTION CONFORT...
PLAINS-TOI! AU MOINS, ON EST TRANQUILLES!
PAS DE PARKING... PAS DE LOCATION DE CHAISES LONGUES... PAS DE BUVETTE...
RIEN
OUAIS, MAIS, QUAND MÊME... DES DUNES... DES DUNES À PERTE DE VUE... DES DUNES PARTOUT!
MÊME PAS LE MOINDRE PETIT ARBRE...
MÊME PAS NE SERAIT-CE QU'UN BUISSON!
TIENS, TU PEUX TOUJOURS EN CHERCHER DU BUISSON DANS TOUTES CES DUNES!
BEN... OÙ TU VAS?
T'OCCUPE!
VA PAS NOUS FAIRE TON HYDROCUTION DANS UN COIN ET QU'APRÈS ON TE RETROUVE PLUS...
T'OCCUPE, J'TE DIS!
4

HÉ, M'MAN, J'AI ATTRAPÉ UN COQUILLAGE À MOI TOUT SEUL !
OOOOH ! C'EST TRÈS BIEN, MON CHÉRI !
MAINTENANT, JE VAIS ALLER TE PÊCHER UN GROS POISSON !
P'TIT CON !
C'EST ÇA, MAMOUR !
BL BL BL
BL BL BL BL
ZBLOUC
FLOC FLOC
BL BL
ZBLOUC
ZBLOUC

ALLEZ, PCHiiiiiiT!
HÉ, M'MAN, J'EN TROUVE PAS DES POISSONS!
C'EST TRÈS BIEN, MON CHÉRI!
HÉ, P'TIT C...
HEU... BONHOMME!
OUI, M'SIEUR?
SI TU VEUX DES POISSONS, Y EN A TROIS GROS QUI FLOTTENT, LA-BAS!
WAOUUUU
QUEL CON!
HIN HIN HIN

T'AS LA SERVIETTE, RAYMONDE?
ET TON HYDROCUTION, COMMENT ÇA VA?
C'ÉTAIT PAS UNE HYDROCUTION!
TIENS, TU M'AIDES!
D'ABORD, ELLE ÉTAIT GELÉE, ENSUITE, DEDANS ELLE ÉTAIT BONNE, MAIS QUAND ON SORT, Y CAILLE...
HÉ, M'MAN, J'AI TROUVÉ DES POISSONS MAIS C'ÉTAIT PAS DES POISSONS!
TU ME PASSES MON SHORT, 'TE PLAÎT!
TOUT DE SUITE!
MAIS... OÙ TU AS ÉTÉ TE FOURRER, TOI ?? MAIS... MAIS... MAIS C'EST DE L'EXCRÉMENT!
C'EST UN MONSIEUR QUI M'A DIT COMME ÇA QUE C'ÉTAIT DES POISSONS...
QUEL MONSIEUR? DIS-MOI LEQUEL C'EST, QUE J'AILLE Y DIRE DEUX MOTS!
HEU... BEN...
LÀ!
LE GROS AVEC UNE CASQUETTE ET UNE MOUSTACHE, JE LE RECONNAIS... C'EST LUI!
PARFAIT! ATTENDS-MOI LÀ, JE REVIENS!
MONSIEUR, LAISSEZ-MOI VOUS DIRE QUE POUR AVOIR FAIT CE QUE VOUS AVEZ FAIT, VOUS N'ÊTES QU'UN IGNOBLE INDIVIDU!
QUI C'EST, CELLE-LÀ? ET QU'EST-CE QU'IL A FAIT, TOUT D'ABORD?
IL Y A QUE VOTRE MARI A FAIT SON BESOIN DANS L'OCÉAN, MADAME!
ÇA PROUVE QU'IL EST EN BONNE SANTÉ, MADAME!!

OUI, MAIS, QUAND MÊME! DANS L'OCÉAN!! VOUS CROYEZ PAS QU'AVEC LES PÉTROLIERS QUI COULENT, LES CÔTES BRETONNES ONT EU ASSEZ LEUR COMPTE COMME ÇA!
LA MER EST À TOUT LE MONDE, MADAME, ET CHACUN A DROIT DE FAIRE CE QU'IL VEUT DEDANS!
IL Y A DES BUISSONS POUR ÇA, MADAME!
LES BUISSONS, ICI, C'EST COMME LES PARKINGS, LES LOCATIONS DE CHAISES LONGUES ET LES BUVETTES! Y EN A PAS, MADAME! Y A QUE DE LA DUNE!
EN TOUS CAS, LE JOUR OÙ IL Y AURA UN C.R.S. SUR CETTE PLAGE, ON VERRA SI VOTRE MARI OSERA FAIRE SON BESOIN DANS L'EAU!
LE JOUR OÙ Y AURA UN C.R.S, ON VERRA CE QUE VOUS FEREZ QUAND VOUS AUREZ ENVIE DE FAIRE! MADAME!
MOI, QUAND J'AI ENVIE, JE ME RETIENS!
NON MAIS, T'AS VU CETTE CONSTIPÉE!
EN PLUS, ELLE VA NOUS FAIRE ARRIVER EN RETARD POUR DÉJEUNER!
SURTOUT QU'ON A PROMIS AUX TRAMSON D'ÊTRE LÀ POUR GAGNER LES QUATRE CAFÉS GRATUITS AVEC EUX!
TIENS, MON CHÉRI, ESSUIE-TOI TOUTE CETTE COCHONNERIE AVEC UN KLEENEX!
ET QU'EST-CE QUE J'EN FAIS DU KLEENEX, APRÈS, MAMAN?
T'AS QU'À LE JETER DANS L'OCÉAN, ÇA PARTIRA AVEC LES VAGUES!
WOUARRA, LA GUEULE DES MECS DU CLUB LIÉNARD QUAND ON LEUR A CHOURAVÉ TOUS LES ÉCHANTILLONS NESTLÉ!
FAUT DIRE QU'ILS SONT PAS TRÈS DOUÉS POUR LA COURSE EN SAC!
Robert n'a pu résister
Il a été de prendre un premier
bain de mer. L'eau était
froide en entrant, bonne une
fois dedans, mais froide aussi
quand on sortait.
Bon souvenir.
R et R. Bidochon

LA FRANCE VUE DU CIEL
LOUMEL (FINISTÈRE)
-LA MAIRIE VUE DU HAUT DU CHATEAU D'EAU-
ma chère Madeleine,
juste un petit mot pour te
dire que je dois te quitter car
pour gagner les quatre cafés
gratuits
LES CARTES POSTALES D'ART
madame Madeleine Galifet.
29, Rue Paul Louis Courrier
24000 PÉRIGUEUX
93-537
APRÈS CHAQUE REPAS, ET AFIN D'ÉVITER TOUTE CONTESTATION, VOUS ÊTES PRIÉS DE RANGER VOS BOISSONS DANS LES CASIERS QUI VOUS SONT AFFECTÉS
J'ESPÈRE QUE LES TRAMSON N'ONT PAS OUBLIÉ DE NOUS GARDER UNE PLACE!
MAIS NON, T'EN FAIS PAS!
SARDINES À L'HUILE / POMMES VAPEUR
ÇA TOMBE BIEN, J'AIME BIEN L'HUILE!
ET MOI, J'AIME BIEN LA VAPEUR!
MENU
ENTRE PARENTHÈSES, DEPUIS 6 ANS QU'IL VIENT ICI, LE PÈRE TRAMSON, IL DOIT AVOIR LA COMBINE POUR LES GAGNER LES QUATRE CAFÉS...
J'EN ÉTAIS SÛR!!
QU'EST-CE QU'Y A?
Y EN A ENCORE UN QUI S'EST TAPÉ MON PINARD!!
SALLE DE RESTAURANT
T'ES SÛR ?

J'AVAIS FAIT UN TRAIT SUR L'ÉTIQUETTE !!
FAUT PAS TE LAISSER FAIRE, FAUT PORTER PLAINTE !
CROIS-MOI, ÇA VA PAS SE PASSER COMME ÇA !
HÉ HO, BIDOCHON, PAR ICI, ON VOUS A GARDÉ DEUX PLACES !
BONJOUR MESSIEURS DAMES !
ALORS, EN FORME POUR GAGNER LES QUATRE CAFÉS ?
BEN... J'ESPÈRE !
FAUT PAS VOUS EN FAIRE, J'AI LA TACTIQUE...
TENEZ, MADAME, SERVEZ-VOUS DES SARDINES À L'HUILE !
CE QU'IL FAUT, C'EST GUEULER PLUS FORT QUE LES AUTRES ! DÈS QUE L'ANIMATEUR A POSÉ SA QUESTION, VOUS BONDISSEZ DE VOTRE CHAISE ET VOUS LUI HURLEZ LA RÉPONSE...
SANS ÇA, IL NE VOUS ENTEND PAS ET C'EST LES AUTRES QUI GAGNENT !
VOUS EN FAITES PAS, JE VAIS HURLER, CROYEZ-MOI !
MÉFIEZ-VOUS DU GROS CHAUVE, LÀ-BAS, C'EST UNE GRANDE GUEULE !
ELLES SONT RUDEMENT BONNES LEURS SARDINES À L'HUILE, ICI !
AH, BEN, FORCÉMENT. ON EST À PROXIMITÉ DE LA MER !
BROUHAHA BROUHAHA
ÇA, J'AI RIGOLÉ
C'ÉTAIT LUI
UN VRAI MIRACLE
BLA OH LALA BLA BLA
BEAU TEMPS
RIGOLO COMME TOUT
BLA BLA
ALORS, JE LUI DIS...
BLA BLA
BLA BLA BLA
LE SEL S'IL VOUS PL...
MAIS...
C'EST VRAI BLA BLA BLA BLA BLA BLA
AH OUI

AAAAAAAAAAAAAAHHHH HHHH
HÉ, C'EST LUI! C'EST PATRICK, C'EST L'ANIMATEUR!
UN-DEUX-TROIS-UN-DEUX-TROIS...
EST-CE QUE TOUT LE MONDE M'ENTEND BIEN?
OUIIIIIIIIIIIII
AUJOURD'HUI, UN CHANGEMENT DANS NOTRE ANIMATION, JE NE VOUS POSERAI PAS DE QUESTION POUR GAGNER QUATRE CAFÉS!
OOOOOOOOOOOOHHHHHHHHHH
MAIS, C'EST L'UN D'ENTRE VOUS QUI VA VENIR JUSQU'À CE MICRO POUR VOUS EN POSER UNE!
AAAAAAAAAAAAAHHHHHHH
3

QUI VEUT POSER UNE QUESTION?
MOI!
COMMENT VOUS APPELEZ-VOUS?
MONSIEUR GUÉRIN!
VOTRE PRÉNOM?
RENÉ!
VOUS VENEZ DE QUELLE RÉGION, RENÉ?
DE BRÉTIGNY, DANS LA RÉGION PARISIENNE!
ATTENTION, PRÉPAREZ-VOUS!
VOUS EN FAITES PAS, JE BONDIS, JE BONDIS!
VOUS ÊTES MARIÉ?
OUI!
DES ENFANTS?
4! ILS SONT À LA CANTINE OBLIGATOIRE!
C'EST LA COMBIENTIÈME ANNÉE QUE VOUS VENEZ ICI?
LA DEUXIÈME!
PARFAIT! ET MAINTENANT, POSEZ VOTRE QUESTION!
ÇA VA ÊTRE À NOUS! VOUS VOUS SOUVENEZ DE LA TACTIQUE?
OUI, OUI, BONDIR ET HURLER!
VOILÀ MA QUESTION...
JE VOUDRAIS SAVOIR QUEL EST LE SALOPARD QUI SE TAPE MON PINARD QUAND IL EST DANS MON CASIER?
C'EST MOI!!
4

ÇA Y EST, J'AI RÉPONDU LE PREMIER! J'AI GAGNÉ LES QUATRE CAFÉS!
ROBERT! ARRÊTE-TOI, BON SANG!
CHER AMI...
C'ÉTAIT PAS LA QUESTION, CHER AMI! MONSIEUR VOULAIT SEULEMENT SAVOIR QUI LUI BOIT SON VIN!
SON VIN??
ALORS LÀ, NON, SON VIN, C'EST PAS MOI! JE RETIRE CE QUE J'AI DIT! JE CROYAIS QUE C'ÉTAIT LA QUESTION!
TROP TARD! VOTRE RÉFLEXE VOUS A TRAHI! VOUS AVEZ TOUT AVOUÉ, J'AI DES TÉMOINS!!
MAIS... PUISQUE JE VOUS DIS QUE JE CROYAIS QUE C'ÉTAIT LA QUESTION!
INUTILE DE NIER, VOUS VOUS ÊTES VENDU! D'AILLEURS, JE SENS VOTRE HALEINE AVINÉE JUSQU'ICI!
QU'ON L'ARRÊTE!
ÉCOUTEZ, RENÉ, IL FAUT ÊTRE TRÈS PRUDENT DANS CE GENRE D'ACCUSATION, CAR APRÈS TOUT, VOUS N'AVEZ PAS DE PREUVES...
C'EST VRAI, ÇA, QUELLE PREUVE D'ABORD?
IL A SÛREMENT DÛ LAISSER SES EMPREINTES SUR LA BOUTEILLE! ON A QU'À COMPARER!
Y A-T-IL UN INSPECTEUR DE POLICE DANS LA SALLE?
OUI!
ENFIN, PRESQUE!
ÉCOUTEZ, EST-CE QU'ON NE POURRAIT PAS RÉGLER CE LÉGER DIFFÉRENT DANS UN ENDROIT PLUS CAL...
NON! C'EST LE GENRE DE TRUC QUI VOUS GÂCHE LES VACANCES! ÇA DOIT ÊTRE RÉGLÉ TOUT DE SUITE!!

APPROCHEZ, INSPECTEUR! VENEZ JUSQU'AU MICRO!
DONNEZ-MOI ÇA, EMPOTÉ!
ÇA TOMBE À PIC QUE VOUS SOYEZ INSPECTEUR, INSPECTEUR!
EN FAIT, JE SUIS PAS VRAIMENT INSPECTEUR, MAIS, C'EST TOUT COMME, JE SUIS SURVEILLANT AU RAYON CUISINIÈRES À GAZ D'UN GRAND MAGAZIN...
ALORS, VOUS PARLEZ SI LA FAUCHE ÇA ME CONNAIT!
TENEZ, DEMANDEZ-LUI UN PEU D'OUVRIR SON SAC À MAIN!
OH, MOI, VOUS SAVEZ, LES ENQUÊTES, J'Y CONNAIS RIEN! JE PRÉFÈRE M'EN REMETTRE À VOTRE PERSPICACITÉ, INSPECTEUR, AFIN DE CONFONDRE CET IGNOBLE INDIVIDU QUI DÉSHONORE CE VILLAGE-VACANCES!
NON, MAIS DITES DONC...
SILENCE! ICI, C'EST L'INSPECTEUR QUI POSE LES QUESTIONS!!
ALLEZ-Y, INSPECTEUR!
MERCI!
UN-DEUX-TROIS. UN-DEUX-TROIS.
EST-CE QUE TOUT LE MONDE M'ENTEND BIEN?
OUiiiiiiiiiiiiii INSPECTEUR
PARFAIT!
VOILÀ MA QUESTION: EST-CE QUE QUELQU'UN A VU QUELQU'UN SE TAPER LA CI-PRÉSENTE BOUTEILLE DE VIN DANS LE SUSDIT CASIER DE MONSIEUR?
TOP, PARTEZ!
QUATRE CAFÉS GRATUITS AU PREMIER QUI DÉNONCERA CE SALOPARD!
LES CARTES POSTALES
6

LA CAMPAGNE PITTORESQUE
LOUMEL (FINISTÈRE)
"LA DÉPARTEMENTALE 17"
Chers amis, Décidément, la chance est avec nous. Aujourd'hui encore, le soleil est au rendez-vous.
PHOTO ART-ANGERS
Lemire
16, Avenue de
75006 PARIS
POURQUOI TU LEUR ÉCRIS ÇA, ALORS QU'IL FAIT UN TEMPS DÉGUEULASSE ?
ILS SERAIENT TROP CONTENTS DE NOUS SAVOIR EN VACANCES SOUS LA PLUIE PENDANT QU'EUX SONT À PARIS AVEC LE BEAU TEMPS !
QU'EST-CE QU'ON VA BIEN POUVOIR FOUTRE PAR UN TEMPS PAREIL ?
REGARDE DANS LE GUIDE SI Y A QUELQUE CHOSE D'INTÉRESSANT À VOIR !
MOUAIS !
LOUMEL : PETITE BOURGADE DU FINISTÈRE EN BORDURE DE MER. CITÉ AGRÉABLE, LOUMEL EST LA PATRIE DE FÉLIX DUFOUR, ÉCRIVAIN, PHILOSOPHE, AUTEUR D'UN CERTAIN NOMBRE D'OUVRAGES, MAIS PLUS CONNU POUR AVOIR, AU 16e SIÈCLE, INTRODUIT DANS LA RÉGION, L'USAGE DU LACET À CHAUSSURE.
À VOIR : LE MUSÉE DU LACET. (OUVERT DU LUNDI AU SAMEDI DE 15 H À 17 H.)
ON A QU'À ALLER VOIR ÇA !
1

DING DING
MUSÉE
POUR VISITER LE MUSÉE, SONNER ICI
QU'EST-CE QUE C'EST?
BONJOUR, MADAME, NOUS AIMERIONS VISITER VOTRE BEAU MUSÉE!
C'EST ICI!
ENTREZ!
GARDIEN
VOUS Z'ÊTES SÛREMENT PAS DU COIN!
NON, ON EST AU VILLAGE VACANCES!
ON EST VENUS DEPUIS PARIS DANS NOTRE 4L!
ENTREZ!
ON VA TOUT VOUS SALIR!
COMBIEN D'ENTRÉES JE VOUS DONNE?
EH BIEN, HEU... DEUX, PUIS-QU'ON EST DEUX!

C'EST 6 FRANCS!
VOUS FAITES PAS DE RÉDUCTION POUR LES MEMBRES DE L'AMICALE DE LA BOULE SOISSONNAISE, PAR HASARD?
SCRIIII
musée
MON PAUVRE MONSIEUR, SI IL FALLAIT FAIRE DES RÉDUCTIONS A N'IMPORTE QUI, Y AURAIT PLUS QU'A FERMER BOUTIQUE!
ÇA, VOUS AVEZ BIEN RAISON! JE DISAIS JUSTE ÇA PARCE QUE J'AVAIS LA CARTE!
musée
JE VOUS LAISSE! C'EST LA PETITE PORTE A DROITE! SURTOUT, OUBLIEZ PAS DE LA TIRER DERRIÈRE VOUS!
GARDIEN
SOYEZ SANS CRAINTE!
ON DIT ÇA, ET PUIS LES TOURISTES QUI SONT VENUS IL Y A DEUX ANS, ILS AVAIENT LAISSÉ LA PORTE OUVERTE! RÉSULTAT: LES CHATS AVAIENT PISSÉ PARTOUT! ET QUI C'EST QUI NETTOIE, APRÈS...
le musée du lacet de Loumel n'est pas un attrape-nigaud pour touristes! il n'y a bien que des lacets!
PRÉHISTOIRE
TIENS, ILS AVAIENT DES LACETS LES PRÉHISTORIQUES? JE CROYAIS QU'ILS MARCHAIENT PIEDS-NUS?
ET ALORS? PEUT-ÊTRE QU'ILS ONT INVENTÉ LA CHAUSSURE QUE BEAUCOUP PLUS TARD!
HÉ, VIENS VOIR! Y EN A UN, LÀ, QUI DATE DE 1835!
1835! TU TE RENDS COMPTE! C'EST QUAND MÊME FORMIDABLE D'AVOIR PU CONSERVER DES LACETS AUSSI LONGTEMPS! QUAND ON SAIT QUE LES MIENS ME DURENT MÊME PAS TROIS MOIS!
AH BEN, MOI, J'EN AI UN ENCORE PLUS VIEUX! DU 12e SIÈCLE, RESTAURÉ AU 14e, 17e et 20e SIÈCLE!
MOUAIS! JE SAIS PAS SI C'EST TRES BON TOUT CE MÉLANGE DE STYLE! C'EST MOINS INTÉRESSANT QUE QUAND C'EST DE L'AUTHENTIQUE D'ÉPOQUE!
3

AH, BEN, TIENS! PARLE-MOI PLUTÔT DE CELUI-LÀ: "LACET AYANT APPARTENU À NAPOLÉON 1ᵉʳ"! LÀ, OUI, D'ACCORD! ON NAGE EN PLEINE HISTOIRE!
VIENS VOIR!
C'EST DES TRUCS COMME ÇA QU'ON DEVRAIT MONTRER AUX GOSSES DES ÉCOLES! ÇA LES INTÉRESSERAIT PLUS QUE D'APPRENDRE LEURS LEÇONS D'HISTOIRE PAR COEUR!
HÉ! QU'EST-CE TU FOUS?
T'OCCUPE!
UN SOUVENIR!
POUR RAMENER!
MAIS, MALHEUREUX! TU VEUX QU'ON AILLE EN TÔLE! LES MUSÉES, C'EST BOURRÉ DE DISPOSITIFS ÉLECTRONIQUES SOPHISTIQUÉS! LE SIMPLE FAIT D'AVOIR EFFLEURÉ CE LACET A DÛ DÉCLANCHER UNE SONNERIE D'ALARME DANS LA CUISINE DE LA VIEILLE QUI VA RAPPLIQUER ICI AVEC LES FLICS!
J'AI TOUT REPÉRÉ! IL N'Y A AUCUN DISPOSITIF DE SÉCURITÉ!
ET LE LACET QUI MANQUE! TU CROIS QU'ELLE S'EN APERCEVRA PAS PEUT-ÊTRE!!
J'AI TOUT PRÉVU!
TIENS-MOI SEULEMENT LE SOUVENIR CINQ MINUTES, ET TU VERRAS!
ET VOILÀ! ÉCHANGE STANDARD! NI VU NI CONNU!
Cette année, on va ramener des vacances un souvenir bien plus intéressant que les "castagnettes-cendrier" de l'an dernier. C'est une surprise. Meilleurs souvenirs
R et R Bidochon

LA FRANCE GASTRONOMIQUE
Les Quenelles W. SAURIN
Une Conserve Saurin, prenez,
Le couvercle ouvrez,
Dans une casserole versez,
Sur feu doux mijotez,
Dans une assiette mettez,
Hum... dégustez !
Chers tous ! Aujourd'hui, nous nous sommes inscrits pour une excursion.
PHOTO ARTR. POUXEURS
BEEERGEREU DES LANDEU LE BAL VA COMMENCER-EU...
LES CARS LOUMELAIS
1.2.3 ! 1.2.3 ! UN PEU DE SILENCE, S'IL VOUS PLAÎT, J'AIMERAIS VOUS DONNER LE DÉTAIL DU PROGRAMME DE LA JOURNÉE !
TOUT D'ABORD, PREMIER ARRÊT CHEZ UN ARTISAN LOCAL QUI FABRIQUE DES OBJETS TYPIQUEMENT RÉGIONAUX ! CEUX QUI CHERCHENT DES SOUVENIRS ORIGINAUX POURRONT EN ACHETER !
WOUHAAA
DEUXIÈME ARRÊT AU SOMMET DES FALAISES DE PLOUMENEC POUR Y ADMIRER UN MAGNIFIQUE PANORAMA SUR LA MER !
WOUHAAAAA
ET ENFIN, TROISIÈME ARRÊT : DÉJEUNER DE SPÉCIALITÉS GASTRONOMIQUES RÉGIONALES !
WOUHAAAAAAAA

ON ARRIVE!
À 100m À DROITE
ARTISANAT
LOCAL
SOUVENIRS
À EMPORTER
À 100 MÈTRES
PARKING ASSURÉ
LES CARS LOUMELOIS
ON REPART DANS UN QUART D'HEURE!
Ets G. DUBEIL
ARTISANAT
DUBEIL ET FILS
ARTISANAT LOCAL
VENTE
DIS DONC, ROBERT, REGARDE-MOI SI C'EST UNE MERVEILLE CETTE DANSEUSE TOUTE EN COQUILLAGES!
MH!
C'EST COMBIEN LES MENHIRS-BAROMÈTRES?
250 FRANCS!
ET LES BINIOUS PORTE-MONNAIE?
120 FRANCS!
QU'EST-CE QUE TU EN PENSES SI ON RAMÈNE ÇA À TA MÈRE? ÇA VA LUI FAIRE PLAISIR!
SÛR!
ET LES CHALETS-CALENDRIER?
300 FRANCS!
HÉ, ROBERT! ROBERT! AMÈNE-TOI VITE AVEC TON APPAREIL! LA CAISSIÈRE EST EN COSTUME DU PAYS!!
C'EST "FAIT-MAIN" LES DANSEUSES EN COQUILLAGES?
BIEN SÛR! VOUS VOUS IMAGINEZ TOUT DE MÊME PAS QUE LA MACHINE MARCHE TOUTE SEULE!
CLIC
CHLIC CHLIC CHLIC
003151

2.

ET CINQ QUI NOUS FOUT DIX!
EST-CE QUE VOUS SAVEZ SI ON POURRAIT PRENDRE UNE PHOTO DE L'ARTISAN AU TRAVAIL?
VOUS AVEZ RENDEZ-VOUS?
BEN... NON!
LE CAR VA PARTIR!
RIQUITA JOLIE FLEUR DE JAVA-EU
...ET QUAND JE SECOUE LA BOULE DE VERRE, HOP, LA NEIGE SE MET À TOURBILLONNER AUTOUR DU CALVAIRE BRETON!
FANTASTIQUE!
C'EST POUR POSER SUR LA TÉLÉ!
L'ARTISANAT LOCAL
vous remercie et vous souhaite une bonne route
JUSTE LE TEMPS DE PRENDRE UNE PHOTO, APRÈS, ON REPART!
PANORAMA
VITESSE D'OBTURATION 1/300e ANGLE DE CHAMP: 80° FOCALE: 3,5. FILTRE DE DIFFRACTION...
DITES-DONC, VOUS AVEZ L'AIR DE VOUS Y CONNAÎTRE, VOUS, EN PHOTOGRAPHIE!
AH, ÇA! LA PHOTO, C'EST MON DADA!

3

UN JOUR, J'AI COMMENCÉ PAR DES PHOTOS DE FAMILLE ET PUIS PETIT À PETIT, J'EN SUIS ARRIVÉ À NE PLUS FAIRE QUE DES OEUVRES ARTISTIQUES !
MOI, LA PHOTO, C'EST PAS MON FORT ! JE SAIS JAMAIS SI JE DOIS METTRE SUR SOLEIL OU SUR NUAGEUX !
LÀ, JE POUS MON ZOOM AVEC UN DOUBLEUR QUATRE LENTILLES, ET HOP, JE ME FAIS UN GROS PLAN ARTISTIQUE DE L'HORIZON...
CLIC
CLAC
JE SAIS CE QUE JE VAIS FAIRE, JE VAIS EN PRENDRE UNE SUR "SOLEIL" ET UNE AUTRE SUR "NUAGEUX", COMME ÇA, SUR LES DEUX, Y EN AURA BIEN UNE QUI SERA PAS LOUPÉE !
CLIC
ON REPART !
PÔÔÔMP
KODAK
POLAROID
TANT QU'IL Y AURA DES ÉTOILEU SOUS LA VOUTEU DES CIEUX-EU...
T'AS PRIS DES PHOTOS ?
OUI, DEUX ! UNE SUR NUAGEUX ET UNE AUTRE SUR SOLEIL !
COMME ÇA, JE SUIS SÛR QU'IL SERA RÉUSSI MON HORIZON ARTISTIQUE !
À 10 KM. RESTAURANT "Au cheval d'orgueil" SPÉCIALITÉS RÉGIONALES
AU CHEVAL D'ORGUEIL
SPÉCIALITÉS RÉGIONALES
ANNAÏK ! PRÉPARE L'OUVRE-BOÎTES, VOICI CES POIREUX DU VILLAGE-VACANCES !
PÔÔÔMP
4

ALLEZ-Y, ENTREZ, ENTREZ ! SOYEZ LES BIENVENUS !
ÇA, C'EST ENCORE DES TÊTES À VOUS DEMANDER DE LA PAELLA EN PLEIN PAYS BIGOUDEN !
BON, QU'EST-CE QUE JE VOUS SERS ?
AH, NOUS, ON EST VENUS POUR DÉGUSTER DES SPÉCIALITÉS BRETONNES ! ON S'EN REMET À VOUS !
AH, TIENS ! ILS ONT L'AIR MOINS CONS, CEUX-LÀ !
MENU
EH BIEN, VOILÀ CE QUE JE VOUS PROPOSE : UN REPAS TOUT EN CRÊPES TENDRES ET MOELLEUSES ! 1 : CRÊPES FARCIES À LA MOUSSE DE CREVETTES ! 2 : ROULADES DE CRÊPES FOURRÉES AU COEUR D'ARTICHAUD ! 3 : GALETTES SABLÉES PUR BEURRE ! LE TOUT ARROSÉ DE CIDRE !
ALORS ?
HEIN ?
QU'EST-CE QUE VOUS DITES DE ÇA ?
VOUS N'AVEZ PAS L'AIR EMBALLÉS !
SI SI ! Y A QU'UN TRUC ! EST-CE QUE JE NE POURRAIS PAS AVOIR DES CHAMPIGNONS À LA PLACE DES CREVETTES ?
MOI, C'EST PAREIL ! SAUF QU'AU LIEU DE L'ARTICHAUD, J'AIMERAIS MIEUX DU RIZ ! SI C'EST POSSIBLE, BIEN SÛR !
5

ALORS, MOI...
OUI
PLUTÔT DE LA SEMOULE...
...DES CREVETTES, MAIS SANS CRÊPES!
COMME LUI...
UN BON BOURGOGNE
À POINT!
MOUTARDE...
SURTOUT PAS...
BON!
...ENLEVER LE SABLE DES GALETTES...
CUISINE
TROIS PAELLAS, SIX GOULACHES, CINQ COUSCOUS, ET HUIT STEAKS FRITES!
LA ROUTINE, QUOI!
ON MANGE BIEN DANS CES RESTAURANTS DE SPÉCIALITÉS RÉGIONALES!
FORCÉMENT, ILS SONT SPÉCIALISÉS LÀ-DEDANS!
ON EN CONNAÎT UN JUSTE AVANT TOULOUSE, SUR LA NATIONALE 20, OÙ ON MANGE TRÈS TRÈS BIEN... ET POUR PAS CHER!
FAUT NOUS DONNER L'ADRESSE, ON PASSE SOUVENT PAR LÀ QUAND ON VA CHEZ LA MÈRE DE GERMAINE!
C'EST COMMENT, DÉJÀ, LE NOM DE CE RESTAURANT DE SPÉCIALITÉS RÉGIONALES SUR LA NATIONALE 20?
"LE RELAI DES TOURISTES"
AH OUI!
EH BIEN, C'EST LÀ QUE J'AI MANGÉ LES MEILLEURES TRIPES DE CAEN!
TOUT VA BIEN?
OUI, OUI!
6

DITES-MOI, SUR LE DÉPLIANT, ON DISAIT QUE LE PATRON DE CE RESTAURANT JOUAIT DU BINIOU À SES CLIENTS! POURQUOI IL NOUS EN JOUE PAS À NOUS? ON A POURTANT PAYÉ!
JE VAIS LUI DEMANDER!
C'EST VRAI ÇA, PUISQU'ON EST DANS LE COIN, AUTANT EN PROFITER POUR SE TAPER UN COUP DE BINIOU!
SÛR!
JOUER DU BINIOU À CES BOUFFEURS DE PAELLA, JAMAIS!!
CUISINE
BEN... DES CASTAGNETTES, ALORS?
RIEN! VOUS M'ENTENDEZ! NI BINIOU, NI CASTAGNETTES! JE NE VOUS SIFFLERAI MÊME PAS LE PLUS PETIT AIR!
CUISINE
EH BIEN, IL EST JOLI LE LÉGENDAIRE ACCUEIL BRETON!
AH! OUI, ALORS!
ON VIENT DÉPENSER NOTRE FRIC CHEZ VOUS, ET VOUS, VOILÀ COMMENT VOUS NOUS REMERCIEZ!
VOTRE FRIC!!
7

MAIS, VOTRE FRIC, IL SENT LA BÊTISE ! ET MOI, LA BÊTISE ÇA ME DONNE LA NAUSÉE !
OOOOOOH !
EH BIEN, MOI, MÔSSIEU, VOS ARTICHAUDS ILS ME DONNENT DES GAZ ! VOILA !
BRAVO !
AH, IL PARLE BIEN, LUI !
J'AURAIS PAS DIT MIEUX !
SI CE TYPE SE PRÉSENTE AUX ÉLECTIONS, JE VOTE POUR LUI !
C'EST LA PREMIÈRE FOIS QUE JE VOIS UN RESTAURATEUR FOUTRE SES CLIENTS À LA PORTE COMME IL L'A FAIT !
IL EST CINGLÉ, JE VOUS DIS !
QU'IL VIENNE PAS FRAPPER UN JOUR À MA PORTE, PARCE-QU'IL SERA BIEN REÇU, TIENS !
JE VAIS ÉCRIRE AU MICHELIN !
SI IL JOUE DU BINIOU COMME IL FAIT LE COUSCOUS ON A RIEN LOUPÉ, CROYEZ-MOI !

COSTUMES DE NOS PROVINCES LOUMEL (FINISTÈRE) "LA BRIGADE DE GENDARMERIE EN GRANDE TENUE"
Chère Solange, On n'a pas le temps de s'ennuyer, crois moi, car nos soirées sont bien remplies. Le lundi soir par exemple, c'est la soirée loto...
J'EN VEUX, MOI, DES HARICOTS!
BRUNO, SOIS SAGE OU JE TE FLANQUE AU LIT!
...ALORS, JE TIRE UN NUMÉRO AU SORT, ET SI VOUS L'AVEZ SUR LA PLAQUETTE QU'ON VOUS A DISTRIBUÉE, VOUS METTEZ UN HARICOT SEC DESSUS! LE GAGNANT EST CELUI QUI A SA PLAQUETTE REMPLIE!
BON, SILENCE, S'IL VOUS PLAÎT, JE COMMENCE!
NUMÉRO
J'EN VEUX DES HARICOTS!
BRUNO, ÇA SUFFIT!
NUMÉRO QUOI?
LE 2, JE CROIS
LE QUOI?
1?
HEIN?
LE 6?
J'AI PAS BIEN ENTENDU!
C'EST QUOI COMME NUMÉRO?
32?
DE QUOI?
LE 9?
LE 23?
VOUS POUVEZ RÉPÉTER?
LE 15?
27?
LE 42?
58?
DE QUOI?

BON, ÉCOUTEZ, SI JE DOIS RÉPÉTER TOUT LE TEMPS, ON Y SERA ENCORE DEMAIN!
J'AI DIT LE 4!
JE L'AI!
JE L'AI!
JE L'AI!
JE L'AI!
JE L'AI!
JE L'AI!
JE L'AI!
JE L'AI!
NUMÉRO 19!
JUSQU'À PRÉSENT, JE LES AI TOUS! JE SUIS BIEN PARTI POUR GAGNER!
JE L'AI!
JE L'AI!
JE L'AI!
JE L'AI!
JE L'AI!
JE L'AI!
LE 30!
JE L'AI!
DANS LES TOMBOLAS, C'EST TOUJOURS LUI QUI GAGNE!
JE L'AI!
JE L'AI!
JE L'AI!
YA DES GENS, COMME ÇA, QUI ONT DES VEINES DE COCUS!
BRUNO, LAISSE CE BALLON, TU VAS CASSER UN CARREAU!
LE 6!
JE L'AI!
JE L'AI!
JE L'AI!
JE L'AI!
JE L'AI!
JE L'AI!
ET HOP, HÉ HÉ HÉ, JE TOUCHE AU BUT!
BRUNO!
PAF
... le mardi, on a conférence avec projection de diapositives...
... ET LÀ, CE QUE VOUS VOYEZ, C'EST UNE MOLAIRE DE DIPLODOCUS!
CLUC CLONC
... ICI, VOUS VOYEZ UNE INCISIVE DE DINOSAURE!
CLUC CLONC

...CECI EST UNE CANINE DE BRONTOSAURE!
ET MAINTENANT, JE PRIERAI LA PERSONNE QUI S'AMUSE À FAIRE DES OMBRES CHINOISES DE BIEN VOULOIR CESSER IMMÉDIATEMENT!
BRUNO!
...le mercredi, c'est réservé à une soirée de musique classique...
SHOOOOOT
BACH
BRUNO, SI T'ES PAS SAGE, MONSIEUR VA TE FAIRE LES GROS YEUX!!
NON, ÉCOUTEZ, C'EST PLUS POSSIBLE ÇA! SI VOUS VOULEZ QUE JE CONTINUE À JOUER JE VOUS DEMANDE DE FAIRE UN PEU DE SILENCE!
C'EST VRAI, ÇA!
IL A RAISON!
CHUUUT
BACH
CHUUUUUT CHUUUT CHUUUUT CHUUUT CHUUUT CHUUUT CHUUUUUUUUT CHUUUT CHUUUUUUT CHUUUT CHUUUUT
CHUUUUT CHUUUT CHUUUT CHUUUT CHUUUT CHUUUT
le Jeudi, c'est la soirée des jeux en groupe..
...EN SAUTANT À PIEDS JOINTS, VOUS DEVEZ PRENDRE L'ORANGE DANS LA BASSINE D'EAU, AVEC LES DENTS, PUIS, VOUS LA PASSEZ AU SECOND QUI LA REMET DANS LA BASSINE, QUI LA PASSE AU TROISIÈME, ET AINSI DE SUITE...
3

TOP, PARTEZ!
ON LES ENCOURAGE!
ALLEZ ALLEZ ALLEZ
ALLEZ!
ALLEZ ALLEZ
ALLEZ ALLEZ
ALLEZ ALLEZ ALLEZ
PLAOUTCH
ALLEZ ALLEZ ALLEZ ALLEZ ALLEZ
ALLEZ ALLEZ ALLEZ
ALLEZ ALLEZ ALLEZ
ALLEZ ALLEZ ALLEZ
ALLEZ ALLEZ ALLEZ ALLEZ
ALLEZ ALLEZ
VIIIIIIIITE, ON VA GAGNER!

MNN...?
BRUNO!
le Vendredi, c'est la soirée merguez sur la plage...
C'EST BON, MAIS ÇA SERAIT ENCORE MEILLEUR SANS TOUT CE SABLE QUI CRISSE SOUS LA DENT!
SI LE GOSSE LES AVAIT PAS FOUTUES PAR TERRE AVEC SON BALLON, ON EN SERAIT PAS LÀ!
le Samedi, la soirée est réservée à l'accueil des nouveaux par les anciens...
SALUT LES PALICHONS!
ACCUEIL

...LA BOUFFE : IMPECCABLE! L'AMBIANCE : IMPECCABLE! CONFORT : IMPECCABLE! DU SOLEIL TOUT LE TEMPS, ET SURTOUT, L'AIR DU LARGE!
ICI, VOUS ALLEZ VOUS RETAPER!
BRUNO!
...et enfin, le Dimanche soir, qui est le soir du bal!
ATTENTION, J'ALLUME!
OOOOOOOHH
SHHHHT
BRUNO!
QUEL EST LE CON QUI A TAPÉ DANS LES PLOMBS AVEC UN BALLON?
...Comme tu le vois, ma chère Solange, mes soirées sont bien remplies, et le temps passe vite! Trop vite, hélas, car demain, il nous faut déjà songer au retour.
MAIS, MADAME, EST-CE QU'ON NE PEUT PAS REPARLER DE TOUT ÇA DEMAIN MATIN?
VOUS ÊTES LE DIRECTEUR, OUI OU NON?
OUI, MAIS...
ALORS, LAISSEZ-MOI VOUS DIRE QUE JE TROUVE HONTEUX, VOUS M'ENTENDEZ, HONTEUX, QUE TOUT UN VILLAGE VACANCES SE LIGUE CONTRE UN PAUVRE GOSSE SANS DÉFENSE POUR LUI CREVER SON BALLON!
6

© CARTE HUMORISTIQUE (DESSIN DE SAM FÉHAL)
Chère madame Lefort,
Nous rentrons demain. Pouvez-vous nous faire quelques courses pour notre retour et les mettre au frigo. merci.
1 beurre
1 vermicelle
1 litre de vin (Kéravi)
2 tranches jambon
1 salade
Pain. Sucre.
6 yaourts nature.
DIS. DONC, TU VAS Y PASSER LA JOURNÉE À TON MÉNAGE? JE SAIS PAS SI TU LE SAIS, MAIS ON A ENCORE UN BON BOUT DE CHEMIN À SE TAPER!
J'Y PEUX RIEN! ON DOIT LAISSER NOTRE ENDROIT AUSSI PROPRE COMME ON L'A TROUVÉ EN ENTRANT!
C'EST LE REGLEMENT!
C'EST PEUT-ÊTRE LE RÈGLEMENT, MAIS ÇA FAIT BAISSER MA MOYENNE!
AU LIEU DE RESTER PLANTÉ ÇA, T'AS QU'À ALLER CHARGER LES VALISES, ÇA NOUS AVANCERA!
EN PASSANT, PRÉVIENS LA DEMOISELLE DE L'ACCUEIL QU'ELLE PEUT VENIR FAIRE SON INSPECTION!
BON!

1

PARKING
ALORS, ÇA Y EST, C'EST LE GRAND DÉPART?
OUI, NOS VACANCES SONT FINIES!
NOUS REPRENONS LA ROUTE!
J'ESPÈRE QUE VOUS N'AUREZ PAS TROP DE MONDE SUR LES ROUTES! AVEC TOUT CES CONS QUI CHOISISSENT DE RENTRER LE MÊME JOUR, VOUS RISQUEZ D'AVOIR DES BOUCHONS. ILS L'ONT ANNONCÉ À LA RADIO CE MATIN!
OH! LES BOUCHONS...
VOUS PRENEZ LES PETITES ROUTES, PEUT-ÊTRE?
AH, NON! LES PETITES ROUTES, C'EST PLEIN DE TOURNANTS, ET MA FEMME EST FACHÉE AVEC LES TOURNANTS!
À CHAQUE VIRAGE, ELLE NOUS DÉGUEULE SA NAUTAMINE SUR LE TABLEAU DE BORD!
JE COMPRENDS!
NON, NOUS, C'EST SYSTÉMATIQUEMENT LES GRANDS AXES! LÀ, AU MOINS, C'EST DROIT!
ÇA SE DÉFEND! LE SEUL ENNUI, AVEC LES GRANDS AXES, C'EST LES POIDS LOURDS ET LES CARAVANES! QUAND VOUS VOUS TROUVEZ DERRIÈRE, C'EST LA PLAIE!
ÇA, C'EST UN PROBLÈME QUE MA VIEILLE EXPÉRIENCE M'A PERMIS DE RÉGLER!
2

JE ROULE À 25 À L'HEURE, PEINARD, COMME ÇA, JE SUIS PAS EMMERDÉ POUR DOUBLER !
BON, EH BIEN, JE NE VOUS RETARDE PAS D'AVANTAGE ! JE VOUS SOUHAITE UN BON RETOUR !
MERCI !
J'AI ÉTÉ TRÈS HEUREUX D'AVOIR FAIT VOTRE CONNAISSANCE, MONSIEUR... HEU...
BIDOCHON ! DU BUNGALOW "LES CALMARS" !
VOUS ALLEZ NOUS MANQUER !
SI, SI !
AH, HÉ, HO ! ATTENDEZ ! DONNEZ-MOI DONC VOTRE ADRESSE, HISTOIRE DE GARDER LE CONTACT !
ÇA SERAIT IDIOT DE SE PERDRE DE VUE MAINTENANT QU'ON A FAIT CONNAISSANCE !
VOILÀ !
MERCI ! JE VAIS LA METTRE AVEC LES AUTRES ! C'EST QUE JE COMMENCE À EN AVOIR UN BON PAQUET DEPUIS DEUX SEMAINES QUE JE SUIS ICI !
D'AILLEURS, SI QUELQUE CHOSE VOUS INTÉRESSE, NE VOUS GÊNEZ PAS !
TENEZ, VOUS VOULEZ PAS CELLE DU LOCATAIRE DES "CREVETTES", DES FOIS ?
C'EST QUI, ÇA, LES "CREVETTES" ?
VOUS SAVEZ BIEN, LE ROUQUIN AVEC UN MAILLOT MARQUÉ "ARVARDE UNIVERSITI"
CE CON QUI M'EST PASSÉ DEVANT AU RAB' DE LENTILLES ! MERCI BIEN !
PAR CONTRE, CELLE DU MOUSTACHU DES "HARENGS", JE VEUX BIEN, SI VOUS L'AVEZ ! CELLE-LÀ, J'AI PAS RÉUSSI À L'AVOIR !
ALORS, ATTENDEZ... HARENGS... HARENGS... AH, VOILÀ !
3

TENEZ !
ALORS, PAS DE REGRETS POUR LES "CREVETTES" ? SÛR, HEIN ?
SÛR !
MOI, JE LES VEUX BIEN LES "CREVETTES" !
JE VOUS ÉCHANGE VOS "CREVETTES" CONTRE DEUX "SARDINES" !
PLUTÔT QUE "SARDINES", J'AURAIS PRÉFÉRÉ "MOULES" !
AH, BEN, ATTENDEZ, "MOULES", ÇA COLLE ! JE LES AI AUSSI !
J'AI MÊME "COLINS" !
ET "MORUES" ?
AH OUI !
MOI, SI LES "SARDINES" SONT LIBRES, JE LES VEUX BIEN !
JE VOUS REFILE TROIS "ANCHOIS" CONTRE UN "MAQUEREAU" !
UN "MERLAN" CONTRE UNE "MORUE", D'ACCORD ?
ICI
IL ME RESTE DEUX "SARDINES" !
OUI
MOULES ?
"MORUE" ? J'EN AI DÉJÀ SIX, DES "MORUES" !
VA POUR "COLINS" !
MOI
DANS LA FAMILLE "MERLANS", JE VOUDRAIS LA FILLE !
PIOCHE
LA GRAND-MÈRE "MAQUEREAUX" !
BON, EH BIEN, VOILÀ, IL NOUS RESTE À VOUS DIRE AU REVOIR ! DE TOUTE FAÇON, ON SE REVOIT À LA RENTRÉE ! ON SE FERA UNE SOIRÉE PHOTOS !
AH, VOLONTIERS !
PHOTOS VACANCES
KODAK
BONNE IDÉE, ÇA !
GROS PLAN DE L'HORIZON...
J'AI RÉGLÉ SUR NUAGEUX !
EN COULEUR...
J'AI PRIS MA FEMME SUR LES FALAISES...
LES BATEAUX DANS LE PORT !
DES VUES DE LA DIGUE PRISES DE LA FENÊTRE DE LA SALLE DE BAINS...
ON DIRAIT DU REMBRANDT !
INSTANTANÉ
MÊME PAS FLOUE...

QU'EST-CE QU'ILS TE VOULAIENT CES DEUX MESSIEURS?
ON S'ÉCHANGEAIT NOS ADRESSES!
ET C'EST L'ADRESSE DE QUI QUE TU AS LÀ?
HEIN? HEU...
ATTENDS, JE VAIS TE DIRE ÇA!
C'EST LA NÔTRE!
FIN
5

Achevé d'imprimer en Europe à Pössneck (Thuringe, Allemagne)
en décembre 2003 pour le compte de E.J.L., 84, rue de Grenelle, 75007 Paris
Dépôt légal décembre 2003
Diffusion France et étranger : Flammarion